三梦诗

谭玉权◎著

台海出版社

图书在版编目（CIP）数据

三梦诗/谭玉权著.--北京:台海出版社，
2021.6

ISBN 978-7-5168-2980-6

Ⅰ.①三… Ⅱ.①谭… Ⅲ.①诗集–中国–当代
Ⅳ.①I227

中国版本图书馆 CIP 数据核字（2021）第 073809 号

三梦诗

著　　者：谭玉权	
出 版 人：蔡　旭	封面设计：景秀文化
责任编辑：徐　玥	

出版发行：台海出版社

地　　址：北京市东城区景山东街 20 号　　邮政编码：100009

电　　话：010-64041652（发行，邮购）

传　　真：010-84045799（总编室）

网　　址：www.taimeng.org.cn/thcbs/default.htm

E - m a i l：thcbs@126.com

经　　销：全国各地新华书店

印　　刷：四川科德彩色数码科技有限公司

本书如有破损、缺页、装订错误，请与本社联系调换

开　　本：880 毫米×1230 毫米	1/32
字　　数：70 千字	印　张：5.25
版　　次：2021 年 6 月第 1 版	印　次：2021 年 6 月第 1 次印刷
书　　号：ISBN 978-7-5168-2980-6	
定　　价：32.00 元	

序 自言自语

我与诗有缘，读过许多诗作。灵魂造诗，诗铸灵魂。诗如人生，人生如诗。掩卷而思，想写点东西。写什么呢？无病呻吟，病痛哀伤，不写；风花雪月，风情万种，不写；野草孤坟，流萤飞窜，不写。

思来想去，写自己，这好像实在一点。我生在农村，长于农村，熟悉农村，故乡的月分外美。我爱故乡的一草一木，一山一水。我是她的儿子，她是我的母亲。我对她的爱与情，一如既往，永不泯灭。

小时候，我就尾随父亲，做了小农民，荷锄到田间劳动，日出而作，日入而息，童年干着成人事，严格说我没有童年。如果不是母亲狠下决心让我读书，我现在还是八十三岁的老农。

闲话休提，开始写自己，但愿给少儿留下今昔对比，给青壮年留下一点激励，给老人留下一些回忆的碎片。

目 录

·入梦篇·

目
录

入梦篇

入　梦

夏日炎炎似火烧

风儿不知哪儿去

夜晚睡眠难入梦

母亲坐在我身边

手拿一把大葵扇

给我扇凉赶蚊子

我慢慢听不清她的轻声细语

我梦见家里落下一天星

往后不用花钱点煤油灯

我梦见姐姐上山挖番薯

半路电闪雷鸣返回家里

我梦见无钱买零食

结伴上山摘食野果山东稔①

一觉醒来母亲已不见

————————

① 大似一节小手指，成熟时黑色，味鲜甜。

只听雄鸡在窗外高声叫

母亲去了哪儿

我知了，厨房正冒出炊烟

我的玩具

我的重孙仅两岁
时尚玩具一大堆
据说玩具可开启智慧
父母不惜花本钱

我儿时的玩具
一是地上滚玻珠
打中就是胜利
一是滚铁环
快者胜慢者输
一是放纸鸢
看谁高飞捉雁儿

富家的玩具可买半亩地
穷家的玩具不用花大钱
玩得开心
就是好玩具

儿时情

儿时自有儿时情
一条巷子一大群
差不多身高
差不多年龄

捕秋蝉
捉蜻蜓
夏天来了
在河里像鸭子游泳

一个铁环
玩半天
一粒玻珠
滚又滚

女孩不入
男孩阵
她们最爱
红头绳

早晨拌嘴起疙瘩

未到落日化为尘

打架缘起小火星

次日不见脸上的乌云

逃　难

天是我们的天
地是我们的地
他们何故出兵
践踏我们的土地

铁蹄踏进我的村
如今的电视剧重现当年
父母拖男带女
哪里无刀影就逃往哪里

姐姐背着我
汗流流气喘喘
三五天换一个地方
有时躲进山沟里

那里雾遮云挡
不见狼出没和狼嚎叫
天大地大
哪里是我们的安身处

旧事写进小文章

读过《狼来了》①
教育孩子莫说谎
先生交代做作业
写篇读后的感想

旧事进了我的小文章
实话实说不虚张
一次路经鬼子的哨卡
无端挨了他一掌

不敢问狼为什么
他的手里拿着枪
后来我才明白
没有向他鞠个躬

在我们的村里

---

① 儿童寓言故事。

他们干尽坏事天难容

不知那一匹匹的恶狼

活命还有几日长

末 日

疾风驱散了乌云
骄阳投下了光明
服服帖帖端坐禾场上
鬼子个个如同丧家犬

他们低头想什么
是昨日还是今天
世界无末日
末日去了他们那一边

我们挺起了胸膛
放开喉咙儿歌唱
"月光光照华堂
日本仔尽投降"

入梦篇

我仰慕的游击大队长

他的大名如雷贯耳
与阮玲玉是同乡
一个是二十世纪三十年代影艺大明星
一个是抗日游击大队长

我自小只听过他的名字
从未见过他的真容
他是一把劈向鬼子头上的大刀
又是一挺扫荡鬼子的机关枪

传说他龙腰虎背
头戴一顶白草礼帽
身穿一套黑胶绸
腰别两支驳壳枪

来时如闪电
去时一阵风
一时活跃在河网
一时猛虎下山岗

鬼子闻风丧胆

捉不到设防也无用

谁知他住在哪间堡垒户

谁知他走在闹市还是身藏地洞

埋伏偷袭传捷报

正面打得赢就打、打不赢就"松"①

日军已大伤元气

顾得西来顾不了东

粉碎敌人的十路围攻

历次战斗牺牲最惨重

如果我是他的小兵

也许当上小英雄

五星红旗飘扬在上空

他每年必与老区乡亲重逢

我几次同他会面

有缘见到他的尊容

中等身材

神采飞扬

不像传说那样伟岸

倒像文质彬彬一介白面书生

---

① 走人的意思。

姐姐出嫁那一天

别人欢天喜地
我却难受极了
说什么良辰吉日
这简直是生离死别

接新娘的花轿来了
迎亲的人来了
他们个个笑嘻嘻
我却拉长了脸面

起轿前往轿顶撒把米
村里的习俗世代相传
意思是婚后多生子
丰衣足食年复年

姐姐进了轿又哽咽着
走到我的身边
摸着我的头
说姐姐常回家看你

我少时多病痛
三岁还要她孖①在肩
如今想起也难过
误了姐姐的读书时

花轿远去了
留下满地炮仗纸
我躲进姐姐的空房
恨起姐姐嫁外村

看大戏

秋收之后是牛也要喘口气
村里请来名班演大戏
搭个容下千人的大草棚
就是当时的大戏院

权贵人家凭票对号入座
穷人可在棚檐下的通风间往里瞧
母亲是个粤剧迷
少了她好像戏班就要偃旗息鼓似的

戏文我听不懂
"白榄"① 有几分明了
看久了打瞌睡
母亲拍拍我的肩膀便是提神剂

看到动人处
母亲眼里噙着一颗泪

_____

① 有板有眼说话。

我真不知道她
泪从何处来

"你看恶毒家婆快把儿媳迫死"①
我说你的家婆早就咽了气
她说我不懂事
叫我好好地看大戏

有其母必有其子
我也成了一个粤剧迷
名老倌名花旦
他们的大名我可说一串

演古演今我都爱看
看精湛的表演
听优美的唱腔
欣赏千锤百炼的台词

初中毕业那天月亮初上
我们演出一台现代戏
男生反串祥林嫂，我演贺老六
总算当了一回主角儿

---

① 粤剧《胡不归》。

童年的河

童年的河是我
我的童年是河
早晨婆娘不约来到埠头上
清洗昨日全家换下的脏衣裳

流水无声
婆娘们却喧喧嚷嚷
昨日的见闻
在河上随风飘荡

夏日晚上是个大浴缸
男女老少在一起泡汤
我刚学会狗刨式的游泳
但只可游个两三丈

河畔旁我常跟同伴打水仗
你不退我不让
负方是"牛"被吆喝
胜方骑在"牛"背上得意扬扬

倒霉的事终于来了
我被湍急的水冲出好几丈
拼命浮浮沉沉
肚里灌了几口"清水汤"

我险些被河神收养
幸亏一位中年妇女救了我
母亲为报救命恩
从此那位贵人是我的契娘

耕雷耘雨

大雨淋漓

惊雷阵阵

我披着蓑衣

与父亲在瘦地耕雷耘雨

到了中午时分

一个"饭鹅"① 掰两半

他一半我一半

河水当茶饮

雨滂沱

雷万钧

"你先回家"

父亲终于心发善

我早想他这么说

_____

① 即饭团，当地通称。

叫他一起收工他死也不情愿

我走上大堤回头望

可怜的身影朦胧可见

农家冇闲人

农家冇闲人
各就各位不"偷鸡"①
"司令员"指挥
指东勿往西

雨淋日晒当"冇嚟"②
个个脸色如锅底
咸酸苦辣尝个够
一心一意为家计

---

① 方言，即不偷懒。
② 方言，不当一回事。

杜鹃啼

上山割芒草
家无芒草无炊烟
不见鸟听到啼
声声凄厉

母亲给我说来由
才知杜鹃的身世
满山红杜鹃
是不是因它啼血而美丽

是鸟就是鸟
它的叫声归归归
我不信它还能归人类
人愁最怕杜鹃啼

月下听西游

百年大榕树
遮住半边天
劳累一天后
月下听《西游记》

讲古那位老先生
手拿一个小茶壶
慢条斯理讲干喉
对着壶嘴吮一吮

我敬佩那个
神通广大的孙猴子
恨死那个白骨精美女
想吃唐僧肉心心思思

真有三眼杨二郎
真有天上的神仙
真有慈悲观世音

真有龙王和龙殿

······

讲古先生捋着长长的白胡须
告诉我"写书人替天行道借神奇"
我一头雾水摸不着头脑
直到细嚼西游才明白他的言中意

我有童年又无童年

锄柄高过我
一早随父下大田
呵一口气，吐一团烟
凝霜结冰是那时的冬天

田里的薄冰浮水面
一脚下去碎冰划破脚皮
睡前母亲给我一盆热水
冰冷的双脚才回暖
但爆拆开裂
从脚跟痛入心田

想起当年童年没童年
当今的童年我无限歆羡

哭父亲

力气耗尽
父亲安息长眠
他不在地下
而在南天

慈悲的南海观音
深知父亲厚道生前
放下破损不堪的锄头
再不让他苦海无边

父亲在我觉得不怎样
反而恨他对我太苛严
童年干着成人活
磨掉我多少快乐的童年

父亲不在
家境一落千丈大变迁
连同那个铜香炉

所有家什全卖掉

父亲的灵魂如不死
当会牵挂我们的今天
我一味勤奋读书
不信未来原地踏步不前

过　年

富贵人家的孩子过年
着新衣穿新鞋吃糕点
我也过年
脚上拖着木屐咯咯响
身穿三代留下的棉袄
桌上也"丰盛"
水煮瓜薯芋三鲜
那年头，不空着肚子过年算万幸
还想吃什么风鱼和腊味

捉蟛蜞

午后放学如果不下大雨
我拿个小铁桶到田间捉蟛蜞
蟛蜞见人就逃跑
我快它慢落入我手里

住在洞里的蟛蜞
我用手指一挖它就成俘虏
蟛蜞有两只铁钳
我的手掌常被咬痛微渗血

西下的太阳是时钟
催我快快回村卖蟛蜞
报酬虽然少
但可帮补家里买点盐

星期天

星期天是改善生活的好时机
别的孩子结伴捕秋蝉荡秋千
我呢去准备晚上的"家宴"
网缯提在手鱼篓别在腰

我的身子比武大郎高不了多少
临出门母亲的叮咛响耳边
"早点回来，别让水淹"

我在河里不停地撒网
不幸的鱼虾被网住了
不论收获多与少
我都满心欢愉

"家宴"开始了
细嚼慢咽
自己的劳动果实
尝来分外鲜美

这样的日子何时了

人死了满天撒纸钱
坟前也烧一堆阴司纸
生人给死人补偿生前没有钱

新币金圆券①
出世没几天
与烧撒的纸钱差不离

卖蛋钱面值不变
打的酱油少一半
买的盐也少得可怜

物价飞上天
生活落了地
这样的日子何时了

---

① 中华民国时期印发的钞票。

钱

一个老人疯疯癫癫周街荡

扯支竹杖重复一句话

"我梦见袋里装满钱"

他是个庙祝公

住在庙神的身旁

过日子全靠香客施舍香油钱

那年大旱不下雨

田间处处是龟裂

穷人哪有买粮钱

饿死的人一张破席卷

仵作①一扛忙往乱葬岗

未知能收几个工钱

---

① 收敛死尸抬棺材的人。

入梦篇

033

天公呵，人间疾苦你不怜

快快下雨吧

雨点可生辛苦钱

筑梦篇

我们从这里起步

经过上书山采灵芝
下学海觅珍珠
不负老师谆谆的教诲
手上有了一张沉甸甸的证书

从今天开始
我们离开了可爱的校园
这是追梦的起点
我们还有许多书未读完

社会、人际、习俗
是一本难读的活书
时刻准备着
付出更多的心血

背负"祖国至上"的校训
父母殷切的期盼
同窗握别的共勉
让我们从这里起步走出去

老师仿佛在我身旁

我的第一份职业
当了一名教书匠

她燃尽最后一缕烛光
两句遗言留在世上

"仁师父母心
一生孩儿情"
这出自肺腑的话语
是激扬我从教的座右铭

青春狂想曲

青春的焰火
像早上八九点钟的太阳
又像一支狂想曲
唱响历史和今天
唱响天南地北

太阳、星光、月亮
恋情馨香如蜜
巉岈、深渊、悬崖
无畏生命的险境
晨曦、晚霞、夜色
鲜妍锦簇花荣
黑夜、白昼、黄昏
故事如潮连天涌
汽车、轮船、飞机
步伐飞奔没有适合的比方
步枪、大炮、坦克
扑灭硝烟忠勇见丹诚
狂风、暴雨、雷鸣

风雨同舟浪上行

燃烧的青春似火焰
像早上八九点钟的太阳

人在途中

家与校的距离
不多不少刚好二十公里
读书这许多年
我一直坚持以步代车

来回四十公里
不多不少刚好费去八小时
我想母亲，母亲想我
每逢假日必回家去

途中走累了
本想止步歇一歇
一旦想起那本书
我的闪念便扬弃

人的双腿不硬朗
哪能抵达遥远的目的地
我受用那本书
红军长征二万五千里

故乡的老井

故乡的老井
与明太祖同龄
谁是掘井人
无碑文验证

四壁是青苔
小鱼弄倩影
纵然天大旱
清澈漫出井沿来

出外谋生去
先喝一碗家乡水
无论身在何处
常记自己是故乡人

出门前后

在母亲面前
我还是个小孩
丁点的事
也一提再提

她叫我饮尽
满满一碗家乡水
农舍的旧事
万万不可忘怀

她时刻思念
我奔走在外
我也托鸿雁
把家书捎回

母亲十月怀胎
我才来到这个世界
这是前生缘分
天注定不可改

我是她的宝贝
她是我的神明
只是我无法说服
让她出门跟我来

苦尽甘来
母子情深如海
只有这一生
没有下一辈

初 航

佛海无慈航
遭遇大风浪
桅杆摇一摇
船上晃几晃

肚里翻江
魂离魄丧
再不泊岸
快要吐出肠

船长如铁塔
稳稳当当
"我初航跟你一样"
船长拍拍我肩膀

佛海无慈航
遭遇大风浪
我相信有一天
像船长踏平千顷浪

在列车上

回到岭南
又开往关东
终点又是起点
狂奔大地快如风

两旁风光好
一闪而过不回放
要想再实地欣赏
请再进静静的车厢

东张西望
都是陌生的脸庞
除了同左右侃一侃
闭目养神是最佳的享用

车厢里满载各人的向往
是如意实现还是失意落空
运气这东西不虚无
梦想成真已非梦

车长轻步来回走动
她给每人一个微笑若春风
她的心中怀着良好的祝福
东成西就无人走回头路

历史长河觅宝珠

在历史的长河里
我划着小船往前行
寻寻觅觅
一心捞取河底的明珠

船到明朝泊了岸
原来的朱元璋
出身极卑微
沿街行乞当过和尚

后来令行天下
治国有方
怪不得老人常教诲
宁欺自己莫欺少年

我也是少年
还不至于行乞当和尚
只望将来为国家出点力
因为历史只有一个朱元璋

这一天不会太遥远

西边雨东边亮
我走在前人的羊肠道
山泉歌唱往下流
我独自一人将路赶

两旁杂草丛生
一半青绿一半橘黄
也许是前人上山狩猎
或者在附近垦荒

我出道不久
不像刘备三请诸葛亮
我是自投别人的屋檐下
完全谈不上所谓"身价"

别人先讲报酬后做工
我是先做工后领薪资
别人喃喃挑工种
我是听从雇主的使唤

雇主反而看中我
肩上的担子日益重
天道酬勤
收入也像芝麻开花节节高

白天累得半死
夜晚稍觉放松
我相信这一天不会太遥远
站在云上唤雨呼风

我喜欢那本书

我喜欢那本书
看了上百次
每回翻开，都是
风
云
雨

我家住对岸
一个普通的农舍里
自小厮混在
风
云
雨

后来上了路
在路上拾狂人的梦
梦里充斥着
风
云
雨

夜　读

窗外细雨霏霏

窗内夜灯不眠

眼睛盯着会说话的书卷

心中燃起火一团

蹂躏

哭泣

鲜血

杀戮

怒吼

抗拒

幕幕惨烈

怜惜

善意

良心

温情

我相信因果关系

恶行总有一日消散

导演悲剧的风云人物

自己也走进悲剧的历史

郁苦的狂欢节终于降临

我缓缓舒了一口气

掩卷默默祈祷

风无腥

雨无血

从 《悲观》 走过来

——徐志摩的《悲观》读后感

（一）

绿洲里

羊吃草

一群一群

疑是天上的白云

来来去去

（二）

我登高

望城市

只见幢幢新楼

鳞次栉比

天空无乌烟

人人露笑脸

（三）

教堂前

钟声里

黑衣的神父

和善男信女

经文事，道不完

（四）

歌舞场

箫笙起

红蓝黄白黑橙紫

一身风景，忘了日间疲

（五）

高堂中

香案里

升起缕缕青烟

默默跪拜许心愿

来年更美，更美

（六）

战场上

壕沟里

硝烟早已随风去

远处是丰碑

留下英雄的名字

筑梦篇

（七）

复兴国

黄金地

青草伊伊

小儿游戏

呼吸新鲜空气

（八）

雄起国

城乡喜

有声有息

历练身体

深谷里的子规

月下梦乡里

（九）

嘻！

嘻！

（十）

景象新

万民笑

半夜梦醒听春雨

这深沉的夜

花开知多少

（十一）

这心头
承载世界的重量，咦
但愿这宇宙
一年胜一年
都是丰，丰，丰

（十二）

干，撸起袖子
干，撸起袖子

附 徐志摩的《悲观》

（一）

青草地，
牛吃草，
摇头掉尾，
天上的青云白云，
卷来卷去。

（二）

登山头，
望城里，

只见黑沉沉的屋顶，

鳞次栉比，

街道上尘烟里，

生灵挤挤。

（三）

教堂前，

钟声里，

白衣的牧师，

和黑裙黑披的老妇女，

聚复散，散复聚。

（四）

歌舞场，

繁华地，

白的红的，黑的绿的，

高冠长裙，笑语依稀。

（五）

高堂中，

柴堆里，

几块破烂的木头，

当年受香烟礼拜的偶像，

面目未朽，未朽！

（六）

战场上，

壕沟里，

枪炮倒在败草间，

到处残破的房屋，

肢体，血痕缕缕。

（七）

天灾国，

饥荒地，

草尽木稀，

小儿不啼，

黑色的空气。

（八）

心死国，

人荒境，

有影无形，

有声无气，

深谷里的子规，

见月不啼。

（九）

噫！

噫!

（十）

幻象破，
上帝死，
半夜梦醒睡已尽，
但这黑昏昏，阴森森，
鬼棱棱……

（十一）

这心头，
压着全世界的重量，咳！全宇宙，
这精神的宇宙，
这宇宙的宇宙，
都是空，空，空……

（十二）

休！
休！

看变脸表演

月亮拨开乌云
从海上慢慢上升
帷幕徐徐拉开
我看变脸表演

脸谱千变万化
一变还不到一秒
如此神速比翻书还快
我被这艺术奇葩倾倒

台下也常见变脸
千变万化只有善恶两种
如果眼睛不雪亮
分分秒秒误入歧途

不必问

不必向我描绘春天的美
我的心里早有春天
不必向我诉说冬天的严寒
我的心里早有一个暖和的太阳
不必向我倾诉人生的坎坷
我的人生交集着喜与愁

我的义务辩护 "律师"

众所周知我已尽力而为
但常有人蛋里挑刺
小事上大纲
硬要给我戴帽子

本来太平无浪起
却往往节外生枝
我是不是前世犯冤孽
今生劫数难逃避

每当这个时候
我的一位同事充当义务"律师"
他南阅陈唯实①
北读艾思奇

满腹经纶
言之有理

---

① 陈唯实，广东人，哲学家，在哲学界有"北艾南陈"之说。

人们都看好他头上
有个闪烁的光圈

果然不出所料
好花开在春天里
他升迁也带我一起上路
离开那伤痕累累的伤心地

别了，刘园

——致友人张君

我看到刘园

绿草茵茵

花有的含蕾

有的绽放

树木参天

鸟儿飞过也停一停

欢唱歌儿几首

但又听到

浮动的心在跳动

忠言逆耳时呼号

为何听不进

公开的秘密

大家都知道

我在刘园十三年

是一匹马又是一头牛

一味埋头耕耘

筑梦篇

只求打开园门让我走

愤愤离开时
匹匹都是好马
高高跃起
尽显风流
别了，刘园不可久留

夜悼兰魂

同窗，知己，热恋
突然你乘鹤赴瑶池
事先没有任何征兆
也没留下只言片语

你违背了承诺
半个西方月半个东方月
中西合璧月团圆
为国家尽力添瓦加砖

你留下的那盆秋兰
出洋前叮嘱我好生照料
你撇下我独自而去
唯独兰花伴在我跟前

带着芬芳她开花了
像你甜美的微笑
兰花把你我合成一个人
早点归来吧纯洁的兰花魂

鹰的历练

一只鹰站山巅
洞察苍天风云变
仿佛沉默深思
极少张口发言

想当初是少儿
母亲带它试飞
飞得低飞得慢
累了树上歇一歇

母亲鼓励它
不要省气力
它渐渐飞高
渐渐飞远

练就一双金睛火眼
练就远飞的翅膀
练就坚硬的钩嘴
练就一双锐利的爪子

老虎张牙舞爪
山中之王也礼让三分
它全然不显山露水
除非受到欺凌的挑战

沉下去又浮上来

不要为我欣喜

不要为我悲哀

凋零是草

玫瑰为我绽放

流星虽光亮

一闪便成灰

夹缝无空间

空间在大海

宁可悲壮沉下去

沉下去又浮上来

浮　萍

处处是家却无家
不知谁是爹和妈
随水漂泊东南西北去
没有听到一句暖心话

她永远浮在水面上
风吹浪打不沉下
漂呀漂漂到避风港
才有一个安定的家

潮起珠江

大热天风儿睡着了
母亲流着大汗翻着地
突然翻出一个古铜钱
洗澡出浴亮闪闪

"儿呀！保你一世安康"
母亲郑重把它系在我胸前
至今我仍然系着它
纪念母亲寄托的美愿

我不遗余力追梦去
如果母亲在黄泉有知
她的儿子不靠"通宝"①
靠的是珠江潮起

---

① 古铜钱，有"通宝"二字。

救世主在哪里

神秘的救世主
住在哪儿
你见过吗
是否三头六臂

我没有见过
也未出现在梦里
他游离在上天
只会俯首窥伺

都说他最慈悲
但总未伸出橄榄枝
你和我一样
命运操在自己的手里

重新开始

天公有时投下晴
有时播下雨
不会只有惬意
没有伤悲

飞去的鸟
也有飞回那一天

不是绝路
仍存通途
顶多在起跑线上
重新开始

歌

生活是一首无题的歌
高高低低爬在五线上
音符是灵魂
强弱任你谱

筑梦篇

流淌的琴声

月下踏进这条小巷
小巷流淌着琴声
抚琴者是谁
请问天上的星星

我相信我的听觉
这是熟悉的音韵
像我过去的暮景
也像我今天的清晨

我融进琴声
一起伤感
我融进琴声
一起欣喜

我驻足良久
良久在聆听
直到我离开小巷
琴声仍颤动我的心灵

月下踏进这条小巷

小巷流淌着琴声

陌道不相逢

小巷遇知音

知　音

鲁迅先生说
一生有一二知己足矣
知音在缥缈的大海
踏破千里烟波最难寻

经过千挑万选的知音
比圣水更清静
一如肃立教堂的圣母
一如打坐禅院的观音

寂 寞

耐得寂寞一百年
犹似屋边一湖水
叶落湖面
水声无

寂寞弹起寂寞曲
歌词是
潮湿的春风
深秋的过时雨

寂寞弹起寂寞曲
歌词是
冷眼的星星
愁眉的月儿

寂寞弹起寂寞曲
歌词是
看透世间多少事
真真切切细如丝

寂寞是湖里的美人鱼
仅仅荡起无声的涟漪
我徘徊在湖边
鸟在身旁轻声细语

在家寂寞
不是僧侣寂寞在禅院
在家寂寞
不是在世外桃源里

耐得寂寞一百年
犹似屋边一湖水
叶落湖面
水声无

一片晴朗在心上

一片晴朗在心上
没有凄风席卷
没有苦雨扫荡

一片晴朗在心上
昔日的彷徨
被风吹入太平洋

一片晴朗在心上
行走路上不怕虎
也不怕狼

修竹一株

苦笑是无泪的哭
无奈归入脆弱一族
淡泊再版了清高

摇身变一株修竹
立在原野的一角
忍受寂寞炼风骨

从此着一色青布衣
后来让人编鱼篓
或是撑船一竿竹

仙人掌

仙人无手掌
掌在我的花盆上
一身长着玫瑰刺
谁动谁的手受伤

分娩的时候
怀抱一两个可爱的小宝宝
清凉、炎热、严寒
脸色终年一个样

生长在哪里
哪里就是永久的故乡
日久天长性格都一样
不浪漫不声张

相　思

发明"相思"两个字
解愁药最卖钱
隔山远望
隔海远思

月半想月圆
长夜望晨曦
长相思短相思
恰似一缕缕藕丝

莫看红楼葬花词
无端添愁绪

玄　机

路边捡到一片叶
上面朦朦胧胧几个字
左看右看不知是何意
或许深藏莫测的神秘
随手丢掉又捡回
回家夹在书页里
过了许久许久
翻出叶片再看时
我惊呼
上面写着"我爱你"

偶　像

是否人人都有偶像
我的偶像近在眼前
人们称他"平民书记"
这是贴心的话儿

是雨说雨
是风说风
说干就干雷厉风行
绝不夸夸其谈

他来自老百姓
又全心全意为百姓务工
事业是干出来的
坐而论道不顶用

身移影动
忽西忽东
一天时间不够用
最好是四十八个钟

十指弹钢琴
流水淙淙有始有终
都指望琴键按到自己
面对面与书记一起现场办公

衣食哪里来
不是上苍的恩赐
他的教诲我铭记
当好人民的勤务员

跟他一起走过来
如沐春天的温暖
我爱我的故乡
也咏异乡的古月

怀　念

背负历史的重任
他走上了高岗
几百万人的憧憬
也是他追求的梦想

府门八字开
贫富请进来
从来访者中
让他汲取不少的营养

微笑常挂他脸上
自信充满阳光
他望着蓬江水
心潮一浪高一浪

海外乡亲的根在祖国
他多次出访亲切探望
内外强而有力的臂膀
托起一轮照亮侨乡的月亮

他像一名运动健将
在奔跑中跨越道道栏杆
又像一名船长
在激流中领航

他是我的领导
又是我的学长
他交办的事
我件件落实不走样

正当风华正茂
壮志未酬
带着深深的遗憾
天哪，他英年离开蓬江

筑梦篇

新　风

新地方，新环境
有一种新感觉
地缘人缘不熟悉
我得摸着石头过蓬江

沉淀了十三年的力量
该是爆发的时候
该破则破，该立则立
不是月亮也应发点星光

新市新人新风尚
横扫守旧的颓风
大海凭鱼跃
任鸟飞上空

不眠夜

蓬江水荡漾在月下
左岸灯火暗
右岸甚繁华

打开窗棂深呼吸
四周静如水
秋风潇洒走进家

心潮起伏似蓬江
欲静静不下
脑海不断浮现他

我怕江洲过后无船搭
断送他泊岸的时刻
我苦劝他勿误韶华

他简单的回答我深感惊讶
"我愿与你并肩同行
情谊重于其他"

筑梦篇

像他打着灯笼也难找

心潮起伏蓬江水

哗哩哗啦

今晚又是一个不眠夜

从用人想到铁拐李

铁拐李是神仙

尚且跛了一条腿

离开手上的藜杖

寸步难移

尺有所短

寸有所长

金无足赤

人无完人

让遐想漫开去

窗外风雨大合唱
夜半我上了床
熄了灯合上眼
让遐想像马脱缰

到海边去
吹吹风看看浪
一眼看到小船搁浅
等等吧，涨潮可返海洋

白鸟唱着歌
低旋在浪尖上
远处那座青山
藐视恶浪的猖狂

我低头漫步沙滩上
心潮如水不断喷涌
校园洒满阳光
该上学的孩子都上学堂

风已弱雨已停
打开窗棂向远望
阳台的玫瑰正盛开
风送一阵阵清香

低　调

我喜欢高昂的歌唱
更喜欢低音的歌词
人如河水潮落潮起
低潮不自卑，高潮不翘尾

人们歌颂的太阳和月亮
缄默万年长
即使是金子
沉沉默默不声张

煤炭在锅膛红红火火炼出钢
不对炉长哼一声
由此我想起古语
"有光而潜，则高而不名"

宽　恕

人心隔肚皮
善恶难分辨
只要无恶意
我一律宽恕

一个单位一个小社会
海纳百川
没有缘分不相聚
今生握手下辈化烟

树最怕寒流袭扰
风吹落叶纷纷飞
人应胸怀善意
最忌无风浪起

笑

苦笑不如不笑
人生不笑待何时
如意时笑出泪
苦难时笑出喜

不会笑学会笑
笑也过日子
不笑也过一天
笑可拉近心灵的距离
是延伸生命的诀窍

笑出一个沧海变桑田
笑出一个晴朗的春天

无须设防

脸上的笑意不知飞向何方
俨然一副生人勿近的皮相
恶鬼也怕三分

我爱说说笑笑
笑语无藏刀
放心吧！你无须设防
天生我一副柔肠

太阳·月亮

太阳

月亮

永恒守望

全凭热与光

太阳

月亮

永恒守望

不拥抱却互为依傍

太阳

月亮

永恒守望

见证人间一切炎凉

山·海

山与海相连
风与雨同舟
风与山拥抱
雨与海亲吻
山风唱起悠悠的歌谣
雨丝编织灰色的天幕
父是山
母是海
山与海的儿女
爱山又爱海

白天鹅·黑天鹅

白天鹅，黑天鹅
飞到湖里划清波
哦哦哦，哦哦哦
伸长脖子唱情歌

唱唱唱，唱唱唱
白鹅唱出白天大黑锅
唱唱唱，唱唱唱
黑鹅唱出黑夜白头婆

她骑上黑天鹅
飞到银河划仙舸
我骑上白天鹅
飞到月宫找嫦娥

诗　友

我们的爱好无差异
彼此同坐一条船
他是工程师
我是公务员

我们同是诗歌业余爱好者
茶余饭后写小诗
兴趣来时对天对地吟几句
给劳累添一点欢愉

我们相互了如指掌
眼睛传神可知对方心中语
我是他唯一的读者
他唯一可看我的小诗

诗中没有豪言壮语
也没有唉声叹气
肝胆相照，情怀共勉
意在自乐自娱

筑
梦
篇

每次月下相会
掏尽你我心思
一包烟，一壶茶
不知不觉月西移

破碎之前

每逢看到古都的残垣断壁
就想起当年金碧辉煌的宫殿
每逢看到展出的古瓷片
就想起当初的精品闻名遐迩
每逢看到凋零的花
就想起昨天它们春风满面
每逢看到餐桌上的鱼
就想起它们从前天生的游姿
每逢看到逝去的婚姻
就想起他们过去曾经如醉如痴
由此想下去
破碎之前都曾有过美

人生如戏

鸟飞得再高
也要停下歇一歇
鱼游得再快
也要停下眠一眠

大海潮落
转眼又潮起
人生如戏演绎不同角色
谢幕几回也寻常

自画像

我有一幅自画像
挂在我的床头上
满脸沧桑
头发蓬乱

两只眼窝似黑洞
像山上的原始人装满西北风
两道眉毛紧锁
像饥饿的毛毛虫无力爬动

嘴角微微上翘
似哭非哭，似笑非笑
这是我吗
哦哦这是我过去的真容

我心中的歌

"从前是这样
现在还是这样……"
以下的歌词
我全忘了

从前我日唱夜唱
因为唱的就是我
现在不兴唱了
但"从前"却不忘

我无意非议"从前"的歌
好歌百唱不厌，千古流芳
新歌我爱听又爱唱
因为我跟"从前"已不一样

人生百态，各领风骚

台上握手
台下踢脚
昨天风风光光
今日满脸污垢
从前一贫如洗
勤酬逸彩流光
曾经流水风华
今日两鬓秋霜
人生百态
各领风骚

小鱼生活的世界

小鱼生活的世界
是一个大型的玻璃箱
它们是天真活泼的一群
穿白服着橙装披青衣裳

最大的一寸
最小的一丁点
安静时一动不动
高兴时倒立翻筋斗

有时直沉"海底"
有时直上"云霄"
有时天马行空
有时并肩前行

我仿佛听到它们轻声细语
又仿佛听到它们自由呼吸
时而藏身海草
时而躺在叶片上

它们彼此和睦
乐悠悠度春秋
不思大海广阔
避开给大鱼塞牙缝

东南西北向

向东，向东
东方有个初升的太阳
越过万水千山
处处是故乡

向南，向南
南方有无际的海洋
踏平千顷浪
向深海要宝藏

向西，向西
西方是佛的殿堂
心念阿弥陀佛
风雨无阻乘慈航

向北，向北
北方是大粮仓
遍地是金黄
手里有粮心里不慌

惊世二十四节气

了不起的祖宗
发明一年二十四个节气
立春仙女散花
立夏田野秧苗欣欣向荣
立秋树叶日渐黄
冬至北国雪花纷纷扬扬
节气无一不进农民家
少时我已背诵如流水行云
节气年年有
岁岁梦想不相同
我惊叹二十四节气举世无双
更惊叹祖国气势如虹

锁定艳阳天

锁定艳阳天
我要走的路遥远
风吹不倒
雷打不断

逢山过山
逢水过水
哪怕路崎岖
春风秋雨陪我向前

趁着年轻的火种
何不来个烈火熊熊燃烧
山水不负我，我不负山水
抬头望，艳阳高悬中天

春姑娘

春姑娘轻盈的脚步来到大地
柔情满盈问候一切生灵
带着喜悦的心情
给家家户户拜新年

她看到包罗万象的吉祥物
眨着凤眼笑开眉
她一一爱抚穿着时尚的小天使
饱尝花样繁多的糕点

听到看到缩写的祝福
像冬天纷纷扬扬的雪片
她毅然提笔写下秀丽的
"源远流长气象万千"

春天的音韵

春天是把大提琴

奏响动听的音韵

春雷

敲醒沉睡的大地

春风

轻抚人人的笑脸

春雨

为大地披上红红绿绿的新衣

春水

潺潺流进黑色的土地

春姑娘

带着轻柔的音韵

问候大自然的一切生灵

借一片春色

借一片春色
裁一件衣裳
身上的春花
散发着诱人的香

借一片春色
点缀秃顶的山岗
让它青春年少
一改苍老的模样

借一片春色
送给豆蔻姑娘
无论走到哪里
蜂蝶都飞在她的前面和后面

借一片春色
贴在洁白的墙上
睁眼回望
春华秋实灿烂辉煌

虹

相传古老的山上
横放着一把琴
这是横空出世
琴鸣天下的地方

一道艳丽的长虹
横跨大海数十里
巧夺天工
一跃世界之首

烟波绿油油
远山水上浮
白海豚携男带女
嬉戏逐浪高

春风尽绿岸边柳
远近水面飞白鸥
长虹情浓通四海
紧紧拥抱五大洲

无　题

没有开始
也没有终结
摸不着
看不见

不管风吹浪打
乱云飞度
不回头
直向前

见证世间一切变化
却不发一言
谁能驾驭
谁就九九艳阳天

放歌 2020

雄狮吼一声
加速地球的自转
亿万身影昼夜动
造就史上大工程

脱贫攻坚入史册
一座丰碑将入云
碑文堪比长江水
小康梦想始成真

山峦高歌
江河欢腾
春风吹拂
遍地彩云

世上多少双眼睛
见证此刻的来临
神州的盛大节日
威风锣鼓震天鸣

岭南缘

不是最南水
不是最北端
上祖自闽南来
岭南是我的出生地

不穷不迁徙
几代过去仍留着一些方言
入乡随俗
岭南的风俗文化与我朝夕相依

我是幸运儿
开了祖辈的先河识了一桶字
少年跟随父母
养肥祖上留下的几亩瘦田

四季啖岭南佳果
齿留香又留甜
茶市的花色品种谁尝尽
绝对无愧舌尖

越冬的候鸟历尽艰辛
千里飞越寻回往年的乐园
岭南蜂恣蝶恋
我与她结下深厚的情缘

祈　盼

没有狂风
没有海啸
日间劳作
夜间安眠

居安当思危
顺风顺水要想到逆水行舟
满庭五彩缤纷
要想到暴风骤雨将近

不望天公开恩
你我同心
祈盼国泰民安
风调雨顺

我们来到这个世界

我们来到这个世界
拥抱同一个太阳
同一个月亮
一个国家
一个地区
仅是地球的一隅
爱我们的一隅
又放眼全球
世界之大
五光十色无奇不有
我们听到赞美
也听到诅咒
我们听到歌声
也听到怒吼
我们看到日子火红
也看到饥啼寒号
我们看到友善
也看到恶意
我们希望永久安宁

但硝烟不断弥漫上天
我们希望世界是个大花园
但有的花园变新坟长满乱草
我们希望天空蔚蓝
但山岚嶂气遮住日月的脸庞
事物都有双重性
正如世界东西两半球
我们是热心的建设者
愿共筑世界梦

圆梦篇

人生从学步开始

不知母亲临大难
落地高高兴兴笑三声
不知天有多高地有多厚
像小龟在地上四肢爬行

独立行走
双脚有力支撑
世界之大任我行
今宵拂去袖上北国雪
明日脚踏南海潮
先会华山纵论剑
后约峨眉看佛光

夕阳临近西山
上身重下身轻
第三条腿是拐棍
虽慢还可往前行
我自豪
比不上月亮

却折射一点星光
我骄傲
张开双臂
拥抱欢乐与自由

十个春秋关工委①

刚退休又上岗
一待就是十个春和秋
这跟我初出道一样
是个地道的灵魂工匠

需要我做什么
有一份热我发一份光
一年一个教育主题
是全省的首创

"十帮"② 上下左右联动
每年受惠青少年万名以上
群策群力，编书写书好几本
给后来人留点书香

社会反响传入我们的耳旁
赞许我们使不少人回头是岸

---

① 全称关心下一代工作委员会。
② "十帮"就是帮心态、帮礼仪、帮就业等。

说我们功德无量
言重了，我们不敢当

我们只是一些老人为主的工匠
从全市到全国我们荣获琳琅满目的荣光
这是全员智慧的结晶
是合力产生的力量

姐姐进城

姐姐想弟弟
一早进了城
一个农家妇
背上一筐农产品

姐姐好久来一次
家事村事说不尽
趁着今日天气好
我带姐姐上街遛一遛

串街走巷看见一招牌
姐姐漠视不问津
我引她进了咖啡店
姐姐有生只是第一回

她咕咚一口像喝水
双眉锁成一条线
"这东西苦又涩
不及我自制的荔叶茶香甜"

圆梦篇

133

结账我付款百多元

她说持家要节俭

神台猫屎①神憎鬼厌

就这小两杯够我家用三十天

我带她到服装店

任她中意自己选

她要了灰黑两套

微笑说可去喝喜酒也可下大田

来到酒楼的门口

她死也不肯进去瞧一瞧

"回家吃我带来的新鲜"

我听姐姐的有口无言

① 猫屎咖啡。

曾孙教我念儿歌

窗外下着小雨
四代同堂围坐桌旁
排排坐吃果果
给曾孙最大的一个

曾孙入幼才几天
居然要教我念儿歌
"太爷爷，您坐好
我念一句，您念一句"

他一本正经，俨然是个小老师
"弯弯的月儿小小的船
小小的船两头尖……"
我老老实实跟他念下去

"完了，太爷爷您很听话
这个大果果奖给您"
现在的孩子太幸福了
比起那时的我又聪明得多

圆梦篇

135

用快乐尘封昨天

——致友人唐君

名不见经传
但雁过留声
曾有一段不平路
我与你风雨同行

执着是你的个性
春风化雨不改初心
生平的梗概
嵌入几点闪烁的星星

青春东流去
岁月诗化了你的人生
昨日少年今日老
一如既往，用快乐尘封昨天

友　聚

客从远方来
相逢如恍世
数日巨细一锅煮
促膝漫侃月沉西
酒兴来时斟半盏
杯浅情浓深似海
明日又是一孤云
飘向何处无定准
此回一别望下回
不知何时又相聚

秋　黄

树叶黄了
是深秋
我收获了一个新的梦
闪烁着一缕光芒

树叶黄了
是深秋
送走闷热的炎夏
迎来一身清凉

树叶黄了
是深秋
趁着秋高气爽
觅新景跑一趟

树叶黄了
是深秋
我在北戴河摄下彩照
凌晨的骄阳在掌上放豪光

秋　游

幽径落黄叶

才知江南是深秋

雨似去年的雨

凉浸浸

风似去年的风

轻悠悠

天高雁过留余音

小桥流水去远方

看好风景处

兜兜转转恨时短

今秋比去秋更逍遥

戈壁行

地上冰，天上雪
树上纷纷落叶
路上行人稀
来去踪影匆匆别

春风飞度玉门关
驼铃声古道不绝
祁连山下
敦煌是明珠

飞天少女反手弹琵琶
曲曲入云霄
不弹大漠孤烟直
只弹长河落日圆

守望大漠的儿女
祖祖辈辈乡不离
大漠变江南
我相信总有这一天

钱塘观潮

穿上金色的盛装
一副温顺的模样
敞开宽阔的胸怀
像母亲搂抱天下的儿郎

东风浩荡
沸沸扬扬
像春天的交响乐
震撼四面八方

时而浪漫
时而轻狂
犹似财大气粗的阔少
前呼后拥，气宇轩昂

巨浪掀起的吼声
如同暴雷炸响
没有上苍的造化
哪有人间迷人的景象

酒　恋

一日不喝酒
浑身不舒畅
犹如丢失通灵宝玉

独饮无乐趣
潦潦草草了一顿
人散曲终

他不是离群的雁
重酒友杯觥交错
席间情浓话长

李白酒后诗惊世
他酒后话语重重复复
醉歌满堂手舞足蹈

消失的河

少小离家少回家
村里的一山一水
家里的一猪一鸡
全在我的视线内

我为家乡的巨变欣喜
也为小家衣食无忧而感慨
乡亲常来探望我
不论亲与疏

一次回家看老母
顺便探视童年的河
嗨，河被水泥死死覆盖
平地一个市场朝天开

河是上苍恩赐的礼物
怎么说盖就盖
村里唯一一条河
从此消失不存在

不要痴心妄想
振臂一挥新河来
我情不自禁
为死去的河致哀

岁晚闲话

岁晚不及当年勇
高山不敢爬
长河不敢洇
远处走不得
近处可流连
投我所好
趣味盎然
老来无牵挂
欢欢乐乐度晚年
届时去"报到"
上天入地
一任我自由

伴我有嫦娥和吴刚

独雁不飞翔
成群结队天一行
我也不是孤雁
伴我有嫦娥和吴刚

嫦娥与我谈天说地
吴刚与我共饮桂花酒
我身处欢乐的海洋
黛玉的《葬花吟》太悲凉

向　往

徐霞客①当年未走过的路
如今我自由地走出国门
涉足乌兰诺娃②的故乡
观赏《天鹅湖》舞蹈

车水马龙的曼谷
我睡在象鼻上
浮在海上的威尼斯
我坐小船在水上游荡

巴黎铁塔的夜空
飘来世界闻名的清香
在夏威夷海湾
我给小鱼喂精粮

那里是郁金香的产地

---

① 徐霞客，明朝旅行家、地理学家。
② 乌兰诺娃，苏联芭蕾演员，主演舞剧《天鹅湖》。

我想起洛阳的国色天香

我盼望两岸早日统一

唱响《阿里山的姑娘》

风　光

新会有个小鸟天堂
巴金挥笔写下篇章
我的庭院也是小天堂
月移花影动

祥云飞度入寒舍
蓬荜生辉光
毕生的梦想
竟比预想更风光

乡　情

穿着剪刀式的黑礼服
劳燕飞去过冬
春天带着孩子
又飞回我的家乡

黑土地是心中的瑰宝
一年返乡好几趟
倾听燕子娓娓的呢喃
看着稼穑后浪推前浪

老　树

莫说枯木无生机
一夜逢春雨
根深叶茂鸟儿叫吱吱
老树开花不神奇

寄　语

新时代的歌
曲曲不同凡响
唱来唱去唱不完
歌词生辉没句号

常唱不朽的《义勇军进行曲》
勿忘雄赳赳气昂昂跨过鸭绿江
少年郎的歌词应跳出《辞海》
我寄语后生一代比一代强

风从那边来

疾风从长江边上来
欢乐的节日氛围一扫而光
有生第一回戴着口罩过新年
邻居如隔万重洋

四万名神兵天将
狂奔没有硝烟的战场
南湖的樱花为他们开放
不伏魍魉，不进凯旋门

百年不遇的人道大检阅
生命至上救死扶伤
多少人呻吟着抬进去
欢乐地重上阳关道

世界帮过我们
我们也帮过友邦
独善其身痴人说梦
没有同心合力哪来世界安宁

爱心直上九重霄
情意绵绵深似海
神州儿女历劫同舟
五千年来一脉传承

红旗飘飘高空上
我仰望，我颂扬
颂扬祖国万紫千红
颂扬人民幸福无恙

晚　霞

太阳的脸庞
由白变成红
是喝醉酒
还是羞看美丽的姑娘

晚霞抹红半边天
这是一天最美丽的时候
柔和的光把山川装饰得更娇娆
树木花草也沾光

放牛郎吹着竹笛
返回村庄
天真活泼的读书郎
说说笑笑往家回

村旁那条河
披上红装静静流淌
田野尽金黄
丰收在望

趁着霞光未消退
我潇洒漫步在岸上
柳叶轻抚我的脸
微风习习送清爽

后　语

从现在往前算，这本小书共费五年时间。因为走笔断断续续，修改反反复复，跨度也是五年，所以每首诗没有注明时间。如诗所云，本是"自乐自娱"的"涂鸦"，但知心朋友一再动员我将其变成铅字付梓，于是，我试着遵命而行。